Roald Dahl

LA CATA

Roald Dahl

LA CATA

Ilustraciones de
Iban Barrenetxea

Traducción de
Íñigo Jáuregui

Nørdicalibros
2020

Título original: *Taste*

© Roald Dahl Nominee Ltd., 1953

© De las ilustraciones: Iban Barrenetxea

© De la traducción: Íñigo Jáuregui

© De esta edición: Nórdica Libros, S. L.

vda. de la Aviación, 24, bajo P

28054 Madrid

Tlf: (+34) 917 055 057

info@nordicalibros.com

Primera edición en rústica: febrero de 2020

Primera reimpresión: enero de 2021

ISBN: 978-84-18067-54-9

Depósito Legal: M-5521-2020

IBIC: FA / FX

Impreso en España / *Printed in Spain*

Gracel Asociados

Alcobendas (Madrid)

Diseño de colección y maquetación: Diego Moreno

Corrección ortotipográfica: Ana Patrón y Susana Rodríguez

Éramos seis cenando esa noche en casa de Mike Schofield en Londres: Mike, su mujer e hija, mi mujer y yo, y un tipo llamado Richard Pratt.

Richard Pratt era un famoso gastrónomo. Presidía una pequeña sociedad conocida como «Los epicúreos», y todos los meses repartía entre sus miembros un panfleto sobre comida y vinos. Organizaba cenas en las que se servían platos suntuosos y vinos raros. No fumaba por miedo a estropearse el paladar y, cuando hablaba de vinos, tenía la curiosa y bastante peculiar costumbre de referirse a ellos como si fueran un ser vivo. «Un vino prudente», decía, «algo tímido y evasivo, pero bastante prudente».

O: «Un vino alegre, benévolo y jovial, un punto obsceno quizá, pero en cualquier caso alegre».

Yo había coincidido en casa de Mike con Richard Pratt dos veces anteriormente, y en ambas ocasiones Mike y su mujer se habían desvivido por preparar una comida especial para el famoso *gourmet*. Ésta, claramente, no iba a ser la excepción. Nada más entrar en el salón, vi que la mesa estaba dispuesta para un banquete. Los altos candelabros, las rosas amarillas, la numerosa vajilla de plata, las tres copas de vino para cada comensal, y sobre todo, los efluvios de carne asada provenientes de la cocina hicieron que mi boca empezara a salivar.

Al sentarnos recordé que, en las dos visitas anteriores de Richard Pratt, Mike había hecho una apuesta con él sobre el burdeos, retándole a que acertara la variedad y el año. Pratt había replicado que no sería muy difícil, siempre que se tratara de una buena cosecha. Luego Mike se había apostado con él una caja del vino en cuestión a que no era capaz de adivinarlo. Pratt había aceptado y ganado en ambas ocasiones. Esa noche yo estaba seguro de que la apuesta se repetiría, porque a Mike no le importaba perder con tal de demostrar que su vino era lo bastante bueno para ser reconocido, y Pratt, por su parte, parecía encontrar un placer solemne y contenido en desplegar sus conocimientos.

La cena comenzó con un plato de crujientes chanquetes, fritos en mantequilla, y, para acompañarlos, un vino de Mosela. Mike se levantó y lo sirvió él mismo, y cuando volvió a sentarse, noté que miraba a Richard Pratt. Había dejado la botella delante de mí para que yo pudiera leer la etiqueta, que decía: «Geierslay Ohligsberg, 1945». Se inclinó y me susurró que Geierslay era un minúsculo pueblecito de la región de Mosela, casi desconocido fuera de Alemania. Me explicó que el vino que estábamos bebiendo era una rareza, que la producción de esos viñedos era tan pequeña que para un extranjero resultaba casi imposible hacerse con una botella. Él

había ido personalmente a Geierslay el verano pasado para conseguir las pocas docenas que finalmente le habían dejado llevarse.

—Dudo que ahora mismo lo tenga nadie más en el país —dijo, echando otra mirada a Richard Pratt—. Lo bueno del Mosela —continuó, levantando la voz— es que es un vino perfecto para servirlo antes de un burdeos. Mucha gente sirve un vino del Rin, pero eso es porque no entienden. Un vino del Rin mata un burdeos delicado, ¿lo sabías? Es una barbaridad servir un vino del Rin antes de un burdeos. Pero un Mosela, ah, un Mosela es perfecto.

Mike Schofield era un hombre afable de mediana edad. Pero era agente de Bolsa. Para ser exactos, era agiotista en el mercado de valores y, como muchos de su clase, parecía algo incómodo, casi avergonzado, por haber ganado tanto dinero con tan poco talento. En el fondo de su corazón sabía que no era más que un corredor de apuestas —un corredor de apuestas empalagoso, infinitamente respetable y secretamente corrupto—, y sabía que sus amigos también lo sabían. Así que ahora estaba tratando de convertirse en un hombre culto, cultivar un gusto literario y estético, coleccionar cuadros, discos, libros y todo lo demás. Su pequeño sermón sobre el vino del Rin y el Mosela formaba parte de aquello, de esa cultura que anhelaba.

—Un vino espléndido, ¿no os parece? —dijo, sin apartar la vista de Richard Pratt.

Yo le veía echar un furtivo vistazo a la mesa cada vez que agachaba la cabeza para tomar un bocado de chanquetes. Casi podía *sentirle* esperar el momento en que Pratt tomara el primer sorbo y levantara la vista del vaso con una sonrisa de placer, de asombro, quizá hasta de admiración, y entonces habría un debate y Mike le hablaría del pueblo de Geierslay.

Pero Richard Pratt no tocó su copa. Se hallaba completamente absorto en su conversación con Louise, una joven de dieciocho años, hija de Mike. Estaba vuelto hacia ella, sonriendo y contándole,

por lo que pude deducir, la historia de cierto chef de un restaurante parisino. Mientras hablaba se iba inclinando cada vez más hacia ella, hasta parecer que, en su entusiasmo, se le iba a echar encima. La pobre chica se alejaba de él todo lo que podía, asintiendo educadamente, bastante desesperada, y mirándole no a la cara sino al botón superior de su esmoquin.

Terminamos el pescado y la criada empezó a retirar los platos. Cuando llegó junto a Pratt, vio que no había terminado y dudó. Pratt reparó en ella, con un gesto le indicó que se fuera, interrumpió su conversación, y se puso a comer apresuradamente, metiéndose el pescado en la boca con rápidas estocadas del tenedor. Cuando hubo terminado, cogió su copa, y en dos tragos cortos se atizó el vino para reanudar enseguida su conversación con Louise Schofield.

Mike lo vio todo. Yo me daba cuenta de que estaba allí sentado, muy quieto, refrenándose y mirando a su invitado. Su cara, redonda y jovial, pareció aflojarse y ceder, pero se contuvo, y no se movió ni dijo nada.

Pronto entró la criada con el segundo plato. Era un rosbif imponente. Lo colocó en la mesa delante de Mike, que se levantó y lo trinchó, cortándolo en tajadas muy finas que depositó cuidadosamente en los platos para que los repartiera la criada. Cuando hubo servido a todos, incluido a sí mismo, dejó el cuchillo de trinchar y se inclinó con las manos apoyadas en el borde de la mesa.

—Bueno —dijo dirigiéndose a todos, pero mirando a Richard Pratt—, ahora el burdeos. Si me perdonáis, tengo que ir a buscarlo.

—¿Ir a buscarlo, Mike? —dije yo—. ¿Dónde está?

—En mi estudio, descorchado, respirando.

—¿Por qué en el estudio?

—Para que coja temperatura ambiente, por supuesto. Lleva allí veinticuatro horas.

—¿Pero por qué el estudio?

—Es el mejor sitio de la casa. Richard me ayudó a elegirlo la última vez que estuvo aquí.

Al oír su nombre, Pratt miró a su alrededor.

—¿A que sí? —dijo Mike.

—Sí —respondió Pratt, asintiendo gravemente—. Es verdad.

—Encima del fichero verde, en mi estudio —dijo Mike—. Un buen sitio: libre de corrientes y en un cuarto con temperatura constante. Y ahora, si me perdonáis un momento, voy por él.

La idea de otro vino con que apostar le había devuelto el buen humor, y cruzó rápidamente la puerta para regresar al cabo de un minuto más pausado, andando ceremoniosamente y portando una cesta de vino con una botella oscura. La etiqueta, boca abajo, era ilegible.

—Bueno —exclamó, acercándose a la mesa—. ¿Y éste qué, Richard? ¡Nunca lo acertarás!

Richard Pratt se giró lentamente y miró a Mike. Luego sus ojos descendieron hasta la botella escondida en la pequeña cesta de mimbre, levantó las cejas, arqueándolas con ligero desdén, y desplegó el húmedo labio inferior, imperioso y feo de repente.

—No lo acertarás —dijo Mike—. Ni en cien años.

—¿Un burdeos? —preguntó Richard Pratt, condescendiente.

—Naturalmente.

—Entonces supongo que será de algún viñedo pequeño.

—Puede que sí, Richard, y puede que no.

—¿Pero es de un buen año? ¿Una de las grandes añadas?

—Sí, te lo aseguro.

—Entonces no será tan difícil —dijo Richard Pratt, arrastrando las palabras, con aire terriblemente aburrido.

Pero a mí me pareció que había algo raro en su forma de hablar y en su aburrimiento: una sombra

malévola en su ceño, y en su actitud una determinación que me produjo cierto desasosiego al mirarle.

—Éste sí que es difícil —dijo Mike—. Esta vez no voy a obligarte a apostar.

—¿De veras? ¿Por qué no? —De nuevo el arqueamiento de cejas, la mirada fría y resuelta.

—Porque es muy difícil.

—Eso no es muy halagador para mí que digamos.

—Mi querido amigo —dijo Mike—, apostaré contigo encantado si eso es lo que quieres.

—No será tan difícil acertarlo.

—¿Entonces quieres apostar?

—Estoy listo —dijo Richard Pratt.

—Muy bien, apostaremos lo de siempre. Una caja de ese vino.

—No me crees capaz de adivinarlo, ¿verdad?

—Sinceramente, y con el debido respeto, no —dijo Mike.

Hacía esfuerzos por mantener la corrección, pero Pratt no se molestaba demasiado en ocultar su desprecio por todo aquello. Y sin embargo, curiosamente, su siguiente pregunta reveló cierto interés.

—¿Quieres aumentar la apuesta?

—No, Richard. Una caja es mucho.

—¿Te apuestas cincuenta cajas?

—Sería tonto.

Mike se quedó quieto detrás de la silla que presidía la mesa, sosteniendo la botella en su ridícula cesta. Ahora tenía una sombra blanca alrededor de la nariz y los labios apretados.

Pratt estaba recostado en la silla, mirándole, con las cejas arqueadas, los ojos entrecerrados y una sonrisa asomándole en los labios. Y entonces volví a ver, o creí ver, algo claramente perturbador en su cara, una sombra de determinación en su frente y en sus ojos, que escondían en sus pupilas un destello malévolo.

—Entonces ¿no quieres aumentar la apuesta?

—Por mí no hay problema, amigo mío —dijo Mike—. Apostaré lo que quieras.

Las tres mujeres y yo estábamos sentados en silencio, mirando a los dos hombres. La mujer de Mike empezaba a molestarse; había torcido la boca con gesto amargo y me pareció que iba a interrumpirles en cualquier momento. El rosbif seguía en nuestros platos, humeando lentamente.

—¿Entonces nos apostaremos lo que yo quiera?

—Ya te lo he dicho. Nos apostaremos lo que quieras, si tanto te preocupa.

—¿Incluso diez mil libras?

—Desde luego, si eso es lo que quieres —Mike parecía más confiado. Sabía que podía cubrir cualquier suma que Pratt propusiera.

—¿Entonces dices que puedo elegir la apuesta? —preguntó nuevamente Pratt.

—Eso es lo que he dicho.

Se hizo una pausa mientras Pratt miraba uno por uno a los presentes, primero a mí y luego a las tres mujeres. Parecía querer recordarnos que éramos testigos de aquel trato.

—¡Mike! —dijo la Sra. Schofield—. Mike, ¿por qué no nos dejamos de tonterías y comemos la carne? Se está enfriando.

—No es ninguna tontería — respondió Pratt sin inmutarse—. Estamos haciendo una apuesta.

Me fijé en la criada que estaba al fondo con una fuente de verduras, dudando si traerla o no.

—Muy bien —dijo Pratt—. Te diré lo que quiero apostar.

—Adelante —dijo Mike, temerario—. Me da igual lo que tengas en mente.

Pratt asintió, y en sus labios volvió a asomar aquella sonrisa. Luego, muy despacio, sin dejar de mirar a Mike, dijo:

—Quiero que nos apostemos la mano de tu hija.

Louise Schofield dio un respingo.

—¡Eh! —exclamó—. ¡Basta, no tiene gracia! Oye, papá, no tiene ni pizca de gracia.

—No pasa nada, cariño —dijo su madre—. Sólo están bromeando.

—No bromeo —dijo Richard Pratt.

—Esto es ridículo —dijo Mike, perdiendo otra vez la calma.

—Dijiste que apostarías lo que yo quisiera.

—¡Me refería a dinero!

—No *dijiste* dinero.

—Eso es lo que quería decir.

—Pues es una lástima que no lo dijeras. De todas formas, si quieres echarte atrás, por mí no hay problema.

—No se trata de echarse atrás. De todos modos, es una apuesta absurda, porque no puedes igualar el premio. Resulta que tú no tienes una hija para ofrecérmela en caso de que pierdas. Y si la tuvieras, no me casaría con ella.

—Me alegra oírlo, cariño —dijo su mujer.

—Te ofrezco lo que quieras —anunció Pratt—. Mi casa, por ejemplo. ¿Qué te parece mi casa?

—¿Cuál de ellas?

—La de campo.

—¿Por qué no la otra también?

—Está bien, si eso es lo que quieres. Mis dos casas.

Entonces vi que Mike se lo estaba pensando. Dio un paso adelante y colocó cuidadosamente la cesta de vino sobre la mesa. Movió el salero a un lado, luego la pimienta, y a continuación cogió el cuchillo, examinó el filo pensativamente por un instante, y lo dejó de nuevo en su sitio. Su hija también le había visto dudar.

—¡Vamos, papá! —exclamó—. ¡No seas absurdo! Es una estupidez absoluta. Me niego a que juguéis así conmigo.

—Completamente de acuerdo, cariño —dijo su madre—. Mike, déjalo ahora mismo y siéntate a cenar.

Mike la ignoró, echó un vistazo a su hija y esbozó lentamente una sonrisa paternal y protectora. Pero de repente sus ojos brillaron con un destello de triunfo.

—Escucha, Louise —dijo, sonriendo mientras hablaba—. Deberíamos pensarlo un momento.

—¡Venga, basta ya, papá! ¡No voy ni a escucharte! ¡Dios, es lo más ridículo que he oído en mi vida!

—No, en serio, cariño. Espera un momento y escucha lo que tengo que decirte.

—¡Pero es que no *quiero* oírlo!

—¡Louise, por favor! Así está la cosa: Richard, aquí presente, nos ha hecho una apuesta seria. Es él quien quiere hacerla, no yo. Y si pierde, va a tener que entregar una buena cantidad de propiedades. Espera un momento, cariño, no me interrumpas. La cuestión es que *no puede ganar de ninguna manera*.

—Él no parece pensar lo mismo.

—Ahora escúchame, porque sé de lo que hablo. Un experto, al probar un burdeos —siempre que no sea uno de los más famosos, como el Lafite o el Latour—, sólo puede identificar el viñedo de forma aproximada. Por supuesto, puede decirte el distrito de Burdeos del que procede el vino, si es de

St. Émilion, Pomerol, Graves o Médoc. Pero resulta que cada distrito tiene varios municipios, como condados, y cada condado tiene muchos, muchísimos viñedos pequeños. Es imposible que alguien pueda diferenciarlos todos sólo por el gusto y el olor. No me importa decirte que éste que tengo aquí es un vino de un pequeño viñedo rodeado de otros muchos, y nunca podrá acertarlo. Es imposible.

—No puedes estar seguro —dijo su hija.

—Y yo te digo que sí. Aunque esté mal que yo lo diga, entiendo un poco de vinos, ya lo sabes. Y de todas formas, por Dios, cariño, soy tu padre. No creerás que te implicaría en algo... contra tu voluntad, ¿verdad? Te estoy haciendo ganar dinero.

—¡Mike! —dijo bruscamente su mujer—. ¡Basta ya, por favor!

Él volvió a ignorarla.

—Si aceptas la apuesta —le dijo a su hija   , en diez minutos serás dueña de dos mansiones.

—Pero yo no quiero dos mansiones, papá.

—Pues véndelas. Revéndeselas en el acto. Yo me encargaré de todo. Y entonces, piénsalo, cariño, ¡serás rica e independiente para el resto de tu vida!

—¡Oh, papá, no me gusta! Me parece estúpido.

—A mí también —dijo su madre, moviendo la cabeza arriba y abajo como una gallina—. ¡Debería darte vergüenza sólo sugerir una cosa así, Michael! ¡Y con tu propia hija!

Mike ni la miró.

—¡Acepta el trato! —dijo ansioso, mirando fijamente a la joven—. ¡Acéptalo, rápido! Te garantizo que no perderás.

—Pero esto no me gusta, papá.

—Vamos, cariño. ¡Acepta!

Mike la estaba presionando, inclinado hacia ella, clavándole sus dos ojos duros y brillantes, y a su hija no le era fácil resistirse.

—¿Y qué pasa si pierdo?

—Te lo repito, no puedes perder. Te lo aseguro.

—¡Oh, papá! ¿Tengo que hacerlo?

—Te estoy haciendo ganar una fortuna, así que vamos. ¿Qué me dices, Louise? ¿Aceptas?

Ella dudó por última vez. Luego se encogió de hombros, impotente, y dijo:

—Ay, está bien, acepto. Si me juras que no hay riesgo de perder.

—¡Bravo! —exclamó Mike—. Entonces, ¡trato hecho!

—Sí —dijo Richard Pratt, mirando a la joven—. Trato hecho.

Inmediatamente, Mike cogió el vino, se sirvió un poco en su copa y a continuación recorrió excitadamente la mesa llenando las de los demás. Ahora todos mirábamos a Richard Pratt, observábamos su rostro mientras cogía su copa con la mano derecha y se la llevaba a la nariz. El tipo tenía unos cincuenta años y un rostro desagradable. De alguna forma, era todo boca —boca y labios—, los labios de un *gourmet* profesional, con el inferior colgando en el centro, un labio flácido y permanentemente abierto de catador,

conformado para recibir el borde de una copa o un bocado. Un ojo de cerradura, pensé, observándolo; su boca es como un ojo de cerradura grande y húmedo.

Lentamente se llevó la copa a la nariz, introdujo la punta de ésta en la copa y la hizo planear sobre la superficie del vino, olfateando delicadamente. Agitó el vino suavemente en la copa para percibir el buqué. Su concentración era intensa. Había cerrado los ojos, y la parte superior de su cuerpo, la cabeza, el cuello y el pecho, parecía haberse vuelto una especie de enorme máquina olfativa que recibía, filtraba y analizaba el mensaje que llegaba de su nariz.

Me fijé en Mike, repantingado en su silla, aparentemente despreocupado pero observando cada movimiento. La Sra. Schofield, su mujer, estaba sentada muy recta en el otro extremo de la mesa, mirando al frente, con rostro tenso y reprobatorio. Su hija, Louise, había echado la silla ligeramente hacia atrás y de lado para ver mejor al *gourmet*. Ella, como su padre, observaba atentamente.

El proceso olfativo se prolongó al menos un minuto. Luego, sin abrir los ojos ni mover la cabeza, Pratt se llevó la copa a la boca y vertió en ella la mitad de su contenido. Hizo una pausa, con la boca llena de vino, para recibir la primera impresión; a continuación dejó que un poco se deslizara por su garganta y vi su nuez de Adán moviéndose al tragar. Pero retuvo casi todo el vino en la boca y entonces, esta vez sin tragar, aspiró por los labios un poco de aire que, mezclándose con los aromas del vino, pasó luego a los pulmones. Contuvo la respiración, echó el aire por la nariz y, por último, se pasó el vino bajo la lengua y lo *masticó* como si fuera pan.

Fue una actuación solemne e imperturbable, y debo decir que la ejecutó muy bien.

—Hum... —dijo, posando la copa y relamiéndose los labios con la lengua—. Hum... sí. Un vino muy interesante... Suave y refinado, con un regusto casi femenino.

Tenía un exceso de saliva en la boca y, mientras hablaba, lanzó alguna que otra gota sobre la mesa.

—Ahora podemos empezar a descartar —dijo—. Me perdonaréis que vaya con cuidado, porque hay mucho en juego. Normalmente me arriesgaría, saltaría sin pensarlo y aterrizaría justo en medio del viñedo elegido. Pero esta vez debo andar con cuidado, ¿no?

Miró a Mike y sonrió con sus labios húmedos y pastosos. Mike no le devolvió la sonrisa.

—Bueno, lo primero, ¿de qué distrito de Burdeos procede este vino? No es difícil adivinarlo. Es demasiado ligero de cuerpo para ser de St. Émilion o Graves. Obviamente es un Médoc, no hay duda.

»Y ahora, ¿de qué municipio de Médoc procede? Esto, por eliminación, tampoco debería ser muy difícil acertarlo. ¿Margaux? No. No puede ser Margaux. No tiene el violento buqué de un Margaux. ¿Pauillac? Tampoco puede ser un Pauillac. Es demasiado suave, demasiado delicado y melancólico para ser un Pauillac. El vino de Pauillac tiene un carácter casi imperioso en su gusto. Además, en mi opinión, contiene un poco de médula, un curioso sabor a polvo y médula que la uva toma del suelo del distrito. No, no. Éste es un vino muy suave, tímido y recatado en la primera impresión, que emerge tímida pero delicadamente en la segunda. Algo pícaro, quizá, en la segunda impresión, y también un poco travieso, incitando la lengua con un deje, sólo un deje, de tanino. Luego, en el postgusto, delicioso, reconfortante y femenino, con una cualidad alegremente generosa que se asocia sólo a los vinos del municipio de St. Julien. No hay duda, es un St. Julien».

Se recostó en la silla, llevándose las manos a la altura del pecho y juntando cuidadosamente las yemas de los dedos. Se estaba poniendo ridículamente pomposo, pero creo que en parte lo hacía adrede, sólo por burlarse de su anfitrión. Me sorprendí a mí mismo esperando tensamente a que continuara. Louise encendió un cigarrillo. Pratt oyó el ruido de

la cerilla al prender y se volvió hacia ella, hecho una auténtica furia.

—¡Por favor, no hagas eso! —dijo—. Fumar en la mesa es una costumbre repugnante.

Louise levantó la mirada, con la cerilla encendida en la mano, posó en él sus grandes ojos, los mantuvo allí un momento, y volvió a apartarlos, lenta y desdeñosa. Inclinó la cabeza y apagó la cerilla, pero siguió con el cigarrillo apagado entre los dedos.

—Lo siento, querida —dijo Pratt—, pero simplemente no consiento que se fume en la mesa.

Ella no volvió a mirarle.

—Ahora, veamos… ¿dónde estábamos? —dijo—. ¡Ah, sí! Este vino es de Burdeos, del municipio de St. Julien, en el distrito de Médoc. Hasta aquí, bien. Pero ahora llega la parte difícil: el nombre del viñedo. Porque en St. Julien hay muchos viñedos y, como nuestro anfitrión ha señalado antes muy acertadamente, a menudo no hay mucha diferencia entre el vino de uno y de otro. Pero vamos a ver.

De nuevo hizo una pausa, cerrando los ojos.

—Estoy intentando determinar el pago —dijo—. Si lo consigo, tendré medio camino recorrido. Y ahora, veamos. Obviamente, este vino no es de un viñedo de primera, ni siquiera de segunda. No es un vino excepcional. Le falta la calidad, el... el... ¿cómo lo llaman?... el esplendor, la fuerza. Pero de tercera categoría, eso sí podría ser. Aunque lo dudo. Sabemos que es de un buen año —nuestro anfitrión lo ha dicho— y eso probablemente sea ensalzarlo un poco. Debo andar con cuidado. Aquí debo andarme con mucho cuidado.

Cogió la copa y dio otro sorbo.

—Sí —dijo, secándose los labios—. Tenía razón. Es un pago de cuarta categoría. Ahora estoy seguro. Uno de cuarta de un buen año, de un gran año, de hecho. Y eso es lo que le da ese regusto de un vino de tercera o incluso de segunda categoría. ¡Bien! Eso está mejor. Nos vamos acercando. ¿Cuáles son los viñedos de cuarta categoría en el municipio de St. Julien?

Hizo otra pausa, cogió la copa y mantuvo el borde contra su labio inferior, ese labio suyo flácido y colgante. Entonces vi su lengua, rosada y estrecha, salir disparada, sumergir la punta en el vino y retirarse de nuevo rápidamente... una visión repulsiva. Cuando dejó la copa, seguía con los ojos cerrados y el rostro concentrado, moviendo únicamente los labios, frotándolos como dos trozos de húmeda y esponjosa goma.

—¡Aquí está otra vez! —exclamó—. Tanino en el paso medio y un pellizco astringente en la lengua. ¡Sí, sí, está claro! ¡Ya lo tengo! El vino procede de uno de esos pequeños viñedos cerca de Beychevelle. Ahora me acuerdo. El distrito de Beychevelle, y el río, y el pequeño puerto que cubrieron de tierra para que los barcos de vino no pudieran usarlo. Beychevelle..., ¿puede ser el mismo Beychevelle? No, no lo creo. No exactamente. Pero es algún lugar muy cerca de allí. ¿Château Talbot? ¿Puede ser Talbot? Sí, podría ser. Espera un momento.

Dio otro sorbo al vino, y por el rabillo del ojo vi a Mike Schofield inclinarse cada vez más sobre la mesa, con la boca entreabierta y los ojos fijos en Richard Pratt.

—No. Estaba equivocado. No es un Talbot. Un Talbot se revela antes que éste; la fruta está más cerca de la superficie. Si es uno del 34, como creo que es, entonces no puede ser un Talbot. Bueno, bueno. Déjame pensar. No es un Beychevelle, ni un Talbot, y sin embargo... sin embargo está tan cerca de ambos, tan cerca, que el viñedo debe de estar casi en medio. Veamos, ¿cuál puede ser?

Dudó, y nos quedamos esperando, observando su rostro. Todos, incluida la mujer de Mike, le mirábamos. Oí a la criada dejar la bandeja de verduras en el aparador situado a mi espalda, suavemente, para no perturbar el silencio.

—¡Ah! —exclamó Pratt— ¡Ya lo tengo! ¡Sí, creo que lo tengo!

Dio un último sorbo al vino. Luego, manteniendo la copa cerca de su boca, se volvió hacia Mike y, con una sonrisa lenta y sedosa, le dijo:

—¿Sabes cuál es? Es un Château Branaire-Ducru.

Mike se quedó clavado en la silla.

—Y el año, 1934.

Todos miramos a Mike, esperando que girase la botella en el cesto y enseñara la etiqueta.

—¿Ésa es tu respuesta definitiva? —dijo Mike.

—Sí, creo que sí.

—A ver, ¿lo es o no lo es?

—Sí, lo es.

—¿Puedes repetir el nombre?

—Château Branaire-Ducru. Un bonito viñedo, con un castillo precioso. Lo conozco bien. No sé cómo no lo reconocí al instante.

—Venga, papá —dijo la chica—. Dale la vuelta y vamos a verlo. Quiero mis dos casas.

—Un minuto —dijo Mike—. Espera un minuto.

Estaba sentado muy quieto, con aire perplejo, mientras su cara se iba hinchando y palideciendo, como si las fuerzas le fueran abandonando poco a poco.

—¡Michael! —exclamó su mujer desde el otro extremo de la mesa—. ¿Qué ocurre?

—No te metas en esto, Margaret, por favor.

Richard Pratt miraba sonriente a Mike, sus ojos pequeños y brillantes. Mike no miraba a nadie.

—¡Papá! —gritó su hija, desesperada—. ¡Pero papá, no me digas que lo ha adivinado!

—No te preocupes, cariño —dijo Mike—. No hay por qué preocuparse.

Entonces, creo que más que nada por librarse de su familia, Mike se volvió hacia Richard Pratt y le dijo:

—¿Sabes, Richard? Creo que tú y yo deberíamos tener una pequeña charla en el cuarto de al lado.

—No quiero charlar —dijo Pratt—. Lo único que quiero es ver la etiqueta de esa botella.

Se sabía vencedor: tenía el aire y la tranquila arrogancia del vencedor, y comprendí que se pondría muy desagradable si había algún problema.

—¿A qué esperas? —le dijo a Mike—. Vamos, dale la vuelta.

Entonces ocurrió lo siguiente: la criada, la diminuta y tiesa figura de la criada con su uniforme blanco y negro, estaba de pie junto a Richard Pratt con algo en la mano.

—Creo que son suyas, señor —dijo.

Pratt miró a un lado, vio las gafas de pasta que ella le tendía, y vaciló por un instante.

—¿Mías? Puede ser... no lo sé.

—Sí, señor, son suyas —la criada era una mujer mayor (más cerca de los setenta que de los sesenta), una fiel sirvienta que llevaba muchos años con la familia. Dejó las gafas sobre la mesa, al lado de Pratt.

Sin darle las gracias, Pratt las cogió y se las metió disimuladamente en el bolsillo superior, detrás del pañuelo blanco.

Pero la criada no se retiró. Permaneció a un lado, un poco detrás de Richard Pratt. Había algo tan extraño en sus maneras y en la forma de plantarse allí, pequeña, inmóvil y tiesa, que empecé a observarla con súbita aprensión. Su viejo rostro gris tenía una mirada helada y resuelta, los labios apretados, el mentón hacia afuera, y las manos juntas en el regazo. La extraña cofia en su cabeza y el brillo en la pechera del uniforme la hacían parecer un pajarito de pecho blanco y rizado.

—Se las dejó en el estudio del Sr. Schofield —dijo, con afectada y deliberada cortesía—. Encima del fichero verde, cuando entró allí usted solo antes de cenar.

Transcurrieron unos instantes hasta que sus palabras cobraron todo el sentido, y en el silencio que siguió a aquello me fijé en que Mike se iba incorporando lentamente en la silla, con el color volviéndole al rostro, los ojos muy abiertos, la boca torcida, y una peligrosa mancha blanca que empezaba a extenderse bajo su nariz.

—¡Michael! —dijo su mujer—. ¡Michael, cariño, cálmate! ¡Cálmate!

Esta edición de *La cata*, compuesta en tipos Bembo 13,5/19 sobre papel Gardapat de 150 gramos, se acabó de imprimir en Madrid el día 7 de febrero de 2020, aniversario del nacimiento de Charles Dickens